# 紅樓夢第五十二回

## 俏平兒情掩蝦鬚鐲　勇晴雯病補孔雀裘

話說賈母道正是這個了上次我要說這話我見你們大事多如今又添出些事來你們固然不敢抱怨未免想着我只顧疼這些小孫子孫女兒們就不體貼你們這當家人了你既這麼說出來便好了因此時薛姨媽李嬸娘都在座邢夫人及尤氏等也都過來請安還未過去賈母因向王夫人等說道今日我纔說這話素日我不說一則怕逞了鳳丫頭的臉二則衆人不服今日你們都在這裏都是經過妯娌姑嫂的還有他這麼想得到的沒有薛姨媽李嬸娘尤氏齊笑說眞個少有別人不過



是禮上的面情兒實在他是眞疼小姑子小叔子就是老太太跟前也是眞孝順賈母點頭歎道我雖疼他我又怕他太伶俐了也不是好事鳳姐兒忙笑道這話老祖宗說差了世人都說太伶俐聰明怕活不長世人都說世人都信獨老祖宗不當說不當信老祖宗只有伶俐聰明過我十倍的怎麼如今這麼福壽雙全的只怕我明兒還勝老祖宗一倍呢我活一千歲後等老祖宗歸了西我纔死呢賈母笑道衆人都死了單剩偺們兩個老妖精有什麼意思說的衆人都笑了寶玉因惦記著晴雯等事便先回園裏來到了屋中藥香滿室一人不見只有晴雯獨臥於炕上臉上燒的飛紅又摸了一摸只覺燙手忙又向爐

上將手烘煖伸進被去摸了一摸身上也是火熱因說道別人去了也罷麝月秋紋也這麼無情各自去了晴雯道秋紋是我攆了他去吃飯了麝月是方纔平兒來找他出去了兩個人鬼鬼祟祟的不知說什麼必是說我病了不出去寶玉道平兒不是那樣人况且他並不知你病特來瞧你想來一定是找麝月來說話偶然見你病了隨口說特瞧你的病這也是人情乖覺取和兒的常事便不出去又不與他何干你們素日又好斷不肯為這無干的事傷和氣晴雯道這話也是只是疑他為什麼忽然又瞞起我來寶玉笑道等我從後門出去到那窗戶根下聽聽說些什麼來告訴你說着果從後門出去至窗下潛聽麝



月悄悄問道你怎麼就得了的平兒道那日彼時洗手時不見了二奶奶就不許吵嚷出了園子即刻就傳給園裡各處的媽媽們小心訪查我們只疑惑邢姑娘的丫頭本來又窮只怕小孩子家沒見過拿起來是有的再不料定是你們這裡的幸而二奶奶沒有在屋裡你們這裡的宋媽去了拿着這支鐲子說是小丫頭墜兒偷起來的被他看見來回二奶奶的我赶忙接了鐲子想了一想寶玉是偏在你們身上留心用意爭勝要强的那一年有個良兒偷玉剛冷了這二年閒時還常有人提起來趁願這會子又跑出一個偷金子的來了而且更偷到街坊家去了偏是他這麼着偏是他的人打嘴所以我倒忙叮嚀宋

媽千萬別告訴寶玉只當没有這事總別和一個人提起第二件老太太太太聽了生氣三則襲人和你們也不好看所以我回二奶奶只說我往大奶奶那裡去來着誰知鐲子褪了口丟在草根底下雪深了没看見今兒雪化盡了黃澄澄的映著日頭還在那裡呢我就揀了起來二奶奶也就信了所以我來告訴你們你們以後防着他些別使喚他到別處去等襲人回來你們商議着變個法子打發出去就完了麝月道這小娼婦也見過些東西怎麽這麽眼淺平兒道究竟這鐲子能多重原是二奶奶的說這叫做蝦鬚鐲倒是這顆珠子重了晴雯那蹄子是塊爆炭要告訴了他他是忍不住的一時氣上來或打或罵依舊嚷出來所以單告訴你留心就是了說著便作辭而去寶



玉聽了又喜又氣又嘆喜的是平兒竟能體貼自己的心氣的是墜兒小竊嘆的是墜兒那樣伶俐做出這醜事來因而回至房中把平兒之話一長一短告訴了晴雯又說他說你是個要强的如今病了聽了這話越發要添病的等好了再告訴你晴雯聽了果然氣的蛾眉倒蹙鳳眼圓睜即時就叫墜兒寶玉忙勸道這一喊出來豈不辜負了平兒待你我的心呢不如領他這個情過後打發他出去就完了晴雯道雖如此說只是這氣如何忍得住寶玉道這有什麽氣的你只養病就是了晴雯服了藥至晚間又服了二和夜間雖有些汗還未見効仍是發燒

頭疼鼻塞聲重次日王太醫又來胗視另加減湯劑雖然稍減了燒仍是頭疼寶玉便命麝月取鼻烟來給他聞些痛打幾個噴嚏就通快了麝月果真去取了一個金鑲雙金星玻璃小扁盒兒來遞給寶玉寶玉便揭開盒蓋裡面是個西洋琺瑯的黃髮赤身女子兩肋又有肉翅裡面盛着些真正上等洋烟晴雯只顧看畫兒寶玉道聞些走了氣就不好了晴雯聽說忙用指甲挑了些抽入鼻中不見怎麼便又多多挑了些抽入忽覺鼻中一股酸辣透入顖門接連打了五六個噴嚏眼淚鼻涕登時齊流晴雯忙收了盒子笑道了不得辣快拿紙來早有小丫頭子遞過一搭子細紙晴雯便一張一張的拿來醒鼻子寶玉笑問如何晴雯笑道果然通快些只是太陽還疼寶玉笑道越發盡用西洋藥治一治只怕就好了說着便命麝月往二奶奶要說就說我說了姐姐那裡常有那西洋貼頭疼的膏子藥叫做依佛哪我尋一點兒麝月答應去了半日果然拿了半節來便去找了一塊紅緞子角兒鉸了兩塊指頂大的圓式將那藥烤和了用簪挺攤上晴雯自拿著一面靶兒鏡子貼在兩太陽上麝月笑道病的蓬頭鬼一樣如今貼了這個倒俏皮了二奶奶貼慣了倒不大顯說畢又向寶玉道二奶奶說了明兒是舅老爺的生日太太說了叫你去呢明兒穿什麼衣裳今兒晚上好打點齊備了省的明兒早起費手寶玉道什麼順手就是什麼

罷了一年鬧生日也鬧不清說着便起身出房往惜春屋裡去看畫兒剛到院門外邊忽見寶琴小丫頭名小螺的從那邊過去寶玉忙赶上問那裡去小螺笑道我們二位姑娘都在林姑娘屋裡呢我如今也往那裡去寶玉聽了轉步也便和他往瀟湘館來不但寶釵姐妹在此且連岫煙也在那裡四人團坐在薰籠上叙家常紫鵑倒坐在煖閣裡臨䆫戶做針線一見他來都笑說又來了一個沒了你的坐處了寶玉笑道好一副冬閨集艷圖可惜我遲來了橫竪這屋子比各屋子煖這椅子坐着並不冷說着便坐在黛玉常坐的地方上搭着灰鼠椅搭一張椅上因見煖閣之中有一玉石条盆裡面攢三聚五栽着一盆單瓣水仙寶玉便極口讚道好花這屋子越煖這花香的越濃怎麽昨兒沒見黛玉笑道這是你家的大總管賴大奶奶送薛二姑娘的兩盆水仙兩盆臘梅他送了我一盆水仙送了雲丫頭一盆臘梅我原不要的又恐辜負了他的心你若要我轉送你如何寶玉道我屋裡却有兩盆只是不及這個琴妹妹送你的如何又轉送人這個斷斷使不得黛玉道我一日藥吊子不離火我竟是藥培着呢那裡還擱的住花香來薰越發弱了况且這屋子裡一股藥香反把這花香攪壞了不如你抬了去這花兒倒清凈了沒什麽雜味來攪他寶玉笑道我屋裡今兒也有個病人煎藥呢你怎麽知道的寶玉笑道這話奇了我原是

無心話誰知你屋裡的事你不早來聽古記兒這會子來了白
驚自怪的寶玉笑道偺們明兒下一社又有了題目了就咏水
仙臘梅黛玉聽了笑道罷罷再不敢做詩了做一回罰一回沒
的怪羞的說着便兩手握起臉來寶玉笑道何苦來又打趣我
做什麼我還不怕臊呢你倒握起臉來了寶釵因笑道下次我
邀一社四個詩題四個詞題每人四首詩四個詞頭一個詩題
咏太極圖限一先的韵五言排律要把一先的韻都用盡了一
個不許剩寶琴笑道這一說可知是姐姐不是真心起社了這
分明是難人要論起來也强扭的出來不過顛來倒去弄些易
經上的話生填究竟有何趣味我八歲的時節跟我父親到西



海沿上買洋貨誰知有個真真國的女孩子纔十五歲那臉面
就和那西洋畫上的美人一樣也披着黃頭髮打着聯垂滿頭
帶着都是瑪瑙珊瑚猫兒眼祖母身上穿着緑金絲織的鎖子
甲洋錦襖袖帶着倭刀也是鑲金嵌寶的實在畫兒上也沒他
那麼好看有人說他通中國的詩書會講五經能做詩填詞因
此我父親央煩了一位通官煩他寫了一張字就寫他做的詩
衆人都稱道奇異寶玉忙笑道好妹妹你拿出來我們瞧瞧寶
琴笑道在南京收著呢此時那裡去取寶玉聽了大失所望便
說沒福得見這世面黛玉笑拉寶琴道你别哄我們我知道你
這一來你的這些東西未必放在家裡自然都是要帶上來的

這會子又扯謊說沒帶來他們雖信我是不信的寶琴便紅了臉低頭微微笑不答寶釵笑道偏這顰兒慣說這些話你就伶俐的太過了黛玉笑道帶了來就給我們見識見識也罷了寶釵笑道箱子籠子一大堆還沒理清呢知道在那個裡頭呢等過日子收拾清了找出來大家再看能了又向寶琴道你要記得何不念念我們聽聽寶琴答道記得他做的五言律一首要論外國的女子也就難爲他了寶釵道你且別念等我把雲兒叫了來也叫他聽聽說着便叫小螺來吩咐道你到我那裡去就說我們這裡有一個外國的美人來了做的好詩請你這詩瘋子來瞧去再把我們詩獃子也帶來小螺笑着去了半日只



聽湘雲笑問那一個外國的美人來了一頭說一頭走和香菱來了衆人笑道人未見形先已聞聲寶琴等讓坐遂把方纔的話重告訴了一遍湘雲笑道快念來聽聽寶琴因念道

昨夜朱樓夢　今宵水國吟
島雲蒸大海　嵐氣接叢林
月本無今古　情緣自淺深
漢南春歷歷　焉得不關心

衆人聽了都道難爲他竟比我們中國人還强一語未了只見麝月走來說太太打發了人來告訴二爺明兒一早往舅舅那裡去就說太太身上不大好不得親身來寶玉忙站起來答應

道是因問寶釵寶琴你們二位可去寶釵道我們不去昨兒單送了禮去了大家說了一回方散寶玉因讓諸姐妹先行自巳在後面黛玉便又叫住他問道襲人到底多早晚回來寶玉道自然等送了殯纔來呢黛玉還有話說又不能出口出了一回神便說道你去罷寶玉也覺心裡有許多話只是口裡不知要說什麽想了一想也笑道明日再說罷一面下臺堦低頭正欲邁步復又忙回身問道如今夜越發長了你一夜咳嗽幾次醒幾遍黛玉道昨兒夜裡好了只咳嗽兩遍却只睡了四更一個更次就再不能睡了寶玉又笑道正是有句要緊的話這會子纔想起來一面說一面便挨近身來悄悄道我想寶姐姐送你



的燕窩一語未了只見趙姨娘走進來瞧黛玉問姑娘這幾天可好了黛玉便知他從探春處來從門前過順路的人情忙陪笑讓坐說難得姨娘想著怪冷的親自走來又忙命倒茶一面又使眼色給寶玉寶玉會意便走了出來正值吃晚飯時見了王夫人又囑咐他早去寶玉回來看晴雯吃了藥此夕寶玉便不命晴雯挪出煖閣來自巳便在晴雯外邊又命將薰籠抬至煖閣前麝月便在薰籠上睡一宿無話至次日天未明晴雯便叫醒麝月道你也該醒了只是睡不彀你出去叫人給他預備茶水我叫醒他就是了麝月忙披衣起來道偺們叫他起來穿好衣裳抬過這火箱去再叫他們進來老媽媽們已經說過不

叫他在這屋裡怕過了病氣如今他們見咱們擠在一處又該嘮叨了晴雯道我也是這麼說二人纔叫時寶玉已醒了忙起身披衣麝月先叫進小丫頭子來收什妥了纔命秋紋等進來一同伏侍寶玉梳洗已畢麝月道天又陰陰的只怕下雪穿一套毡子的罷寶玉點頭即時換了衣裳小丫頭便用小茶盤捧了一蓋碗建蓮紅棗湯來寶玉喝了兩口麝月又捧過一小碟法製紫薑來寶玉噙了一塊又囑咐了晴雯便忙往賈母處來賈母猶未起來知道寶玉出門便開了屋門命寶玉進去寶玉見賈母身後寶琴面向裡睡著未醒賈母見寶玉身上穿着荔支色哆囉呢的箭袖大紅猩猩毡盤金彩綉石青粧緞沿邊的



排穗褂賈母道下雪呢麼寶玉道天陰着還沒下呢賈母便命鴛鴦來把昨兒那一件孔雀毛的氅衣給他罷鴛鴦答應走去果取了一件來寶玉看時金翠輝煌碧彩閃灼又不似寶琴所披之鳧靨裘只聽賈母笑道這叫做雀金泥這是俄羅斯國拿孔雀毛拈了線織的前兒把那件野鴨子的給了你小妹妹這件給你罷寶玉磕了一個頭便披在身上賈母笑道你先給你娘瞧瞧去再去寶玉答應了便出來只見鴛鴦站在地下揉眼睛因自那日鴛鴦發誓絕婚之後他總不合寶玉說話寶玉正自日夜不安此時見他又要迴避寶玉便上來笑道好姐姐你瞧瞧我穿着這個好不好鴛鴦一摔手便進賈母屋裡來了寶玉

只得到了王夫人屋裡給王夫人看了然後又回至園中給晴雯麝月看過來回覆賈母說太太看了只說可惜了的叫我仔細穿別遭塌了賈母道就剩了這一件你遭塌了也再沒了這會子特給你做這個也是沒有的事說着又囑咐不許多吃酒早些回來寶玉應了幾個是老嬤嬤跟至廳上只見寶玉的奶兄李貴王榮和張若錦趙亦華錢昇周瑞六個人帶着焙茗伴鶴鋤藥掃紅四個小廝背著衣包拿着坐褥籠着一匹雕鞍彩轡的白馬已伺候多時了老嬤嬤又囑咐他們些話六個人連應了幾個是忙捧鞍墜鐙寶玉慢慢的上了馬李貴王榮籠着嚼環錢昇周瑞二人在前引導張若錦趙亦華在兩邊緊貼寶



玉身後寶玉在馬上笑道周哥錢哥偺們打這角門走罷省了到老爺的書房門口又下來周瑞側身笑道老爺不在書房裡天天鎖着爺可以不用下來罷了寶玉笑道雖鎖着也要下來的錢昇李貴都笑道爺說的是就托懶不下來倘或遇見賴大爺林二爺雖不好說爺也要勸兩句所有的不是都派在我們身上又說我們不教給爺禮了周瑞錢昇便一直出角門來正說話時頂頭見賴大進來寶玉忙籠住馬意欲下來賴大忙上來抱住腿寶玉便在鐙上站起來笑著攜手說了幾句話接着又見個小廝帶着二三十人拿着掃箒簸箕進來見了寶玉都順墻垂手立住獨爲首的小廝打了個千兒說請爺安寶玉不

知名姓只微笑點點頭兒馬已過去那人方帶人去了于是出了角門外有李貴等六人的小廝並幾個馬夫早預備下十來匹馬專候一出角門李貴等各上馬前引一陣煙去了不在話下這裡晴雯吃了藥仍不見病退急的亂罵大夫說只會哄人的錢一劑好藥也不給人吃麝月笑勸他道你太性急了俗語說病來如山倒病去如抽絲又不是老君的仙丹那有這麼靈藥你只靜養幾天自然就好了你越急越着手晴雯又罵小丫頭子們那裡鑽沙去了瞅著我病了都大膽子走了明兒我好了一個個的纔揭了你們的皮唬的小丫頭子定兒忙進來問姑娘做什麼晴雯道別人都死了就剩了你不成說着只見墜



兒也蹭進來了晴雯道你瞧瞧這小蹄子不問他還不來呢這裡又放月錢了又散菓子了你該跑在頭裡了你往前些我是老虎吃了你墜兒只得往前湊了幾步晴雯便冷不防欠身一把將他的手抓住向枕邊拿起一丈青來向他手上亂戳又罵道要這爪子做什麼拈不動針拿不動線只會偷嘴吃眼皮子又淺爪子又輕打嘴現世的不如戳爛了墜兒疼的亂喊麝月忙拉開按着晴雯躺下道你纔出了汗又作死等你好了要打多少打不得這會子鬧什麼晴雯便命人叫宋嬤嬤進來說道寶二爺纔告訴了我叫我告訴你們墜兒很懶寶二爺當面使他他撥嘴兒不動連襲人使他他也背地裡罵今兒務必打發

他出去明兒寶二爺親自回太太就是了宋嬷嬷聽了心下便知鐲子事發因笑道雖如此說也等花姑娘回來知道了再打發他晴雯道寶二爺今兒千叮嚀萬囑咐的什麼花姑娘草姑娘的我們自然有道理你只依我的話快叫他家的人來領他出去麝月道這也罷了早也是去晚也是去早帶了去早清凈一日宋嬷嬷聽了只得出去喚了他母親來打點了他的東西又見了晴雯等說道姑娘們怎麼了你姪女兒不好你們教導他怎麼攆出去也倒底給我們留個臉兒晴雯道這話只等寶玉來問他與我們無干那媳婦冷笑道我有胆子問他去他那一件事不是聽姑娘們的調停他總依了姑娘們不依也未必



中用比如方纔說話雖背地裡姑娘就直叫他的名字在姑娘們就使得在我們就成了野人了晴雯聽說越發急紅了臉說道我叫了他的名字了你在老太太跟前告我去說我野也攆出我去麝月道嫂子你只管帶了人出去有話再說這個地方豈有你叫喊講禮的你見誰和我們講過禮別說嫂子你就是賴大奶奶林大娘也得擔待我們三分就是叫名字從小兒直到如今都是老太太吩咐過的你們也知道的恐怕難養活巴巴的寫了他的小名兒各處貼着叫萬人叫去爲的是好養活連挑水挑糞花子都叫得何況我們連昨兒林大娘叫了一聲爺老太太還說呢此是一件二則我們這些人常回老太

太太太的話去可不叫着名回話難道也稱爺那一日不把寶玉兩字叫二百遍偏嫂子又來挑這個了過一天嫂子閑了在老太太太太跟前聽聽我們當着面兒叫他就知道了嫂子原也不得在老太太太太跟前當些體統差使成年家只在三門外頭混怪不得不知道我們裏頭的規矩這裏不是嫂子久站的再一會不用我們說話就有人來問你了有什麼分証的話目請了他去你回了林大娘叫他來找二爺說話家裏上千的人他也跑來我也跑來我們認人問姓還認不清呢說着便叫小丫頭子拿了擦地的布來擦地那媳婦聽了無言可對亦不敢久站堵氣帶了墜兒就走宋嬤嬤忙道怪道你這嫂子不知



規矩你女兒在屋裏一場臨去時也給姑娘們磕個頭沒有別的謝禮他們也不希罕不過磕個頭盡心罷咧怎麼說走就走墜兒聽了只得番身進來給他兩個磕頭又找秋紋等他們也並不採他那媳婦嗐聲嘆氣口不敢言抱恨而去晴雯方纔又悶了風着了氣反覺更不好了番騰至掌燈剛安靜了些只見寶玉回來進門就嗐聲頓脚麝月忙問原故寶玉道今兒老太太喜喜歡歡的給了這件褂子誰知不防後襟子上燒了一塊幸而天晚了老太太太太都不理論一面脫下來麝月瞧時果然有指頂大的燒眼說這必定是手爐裏的火迸上了這不值什麼赶着叫人悄悄拿出去叫個能幹織補匠人織上就是了

說着就用包袱包了叫了一個嬤嬤送出去說趕天亮就有纔好千萬別給老太太太太知道婆子去了半日仍就拿回來說不但織補匠能幹裁縫繡匠並做女工的問了都不認的這是什麼都不敢攬麝月道這怎麼好呢明兒不穿也罷了寶玉道明兒是正日子老太太太太說了還叫穿這個去呢偏頭一日就燒了豈不掃興晴雯聽了半日忍不住翻身說道拿來我瞧瞧罷沒那福氣穿就罷了說著便遞給晴雯又移過燈來細瞧了一瞧晴雯道這是孔雀金線的如今偺們也拿孔雀金線就像界線似的界密了只怕還可混的過去麝月笑道孔雀線現成的但這裡除你還有誰會界線晴雯道說不的我掙命罷



了寶玉忙道這如何使得纔好了些如何做得活晴雯道不用你蝎蝎螫螫的我自知道一面說一面坐起來挽了一挽頭髮披了衣裳只覺頭重身輕滿眼金星亂迸實實掌不住待不做又怕寶玉着急少不得狠命咬牙捱着便命麝月只幫着拈線晴雯先拿了一根比一比笑道這雖不狠像要補上也不狠顯寶玉道這就狠好那裡又找哦囉斯國的裁縫去晴雯先將裡子折開用茶盃口大小一個竹弓釘綳在背面再將破口四邊用金刀刮的散鬆鬆的然後用針縫了兩條分出經緯亦如界線之法先界出地子來後依本紋同來織補補兩針又看看織補不上三五針便伏在枕上歇一會寶玉在傍一時又問吃些

滾水不吃一時又命歇一歇一時又拿一件灰鼠斗篷替他披在背上一時又拿個枕頭給他靠著急的晴雯央道小祖宗你只管睡罷再熬上半夜明兒眼睛摳摟了那恰怎麽好寶玉見他着急只得胡亂睡下仍睡不着一時只聽自鳴鐘已敲了四下剛剛補完又用小牙刷慢慢的剔出絨毛來麝月道這就狠好要不留心再看不出的寶玉忙要了瞧瞧笑說真真一樣了晴雯已嗽了幾聲好容易補完了說了一聲補雖補了到底不像我也再不能了噯喲了一聲就身不由主睡下了要知端的

且看下回分解



紅樓夢第五十二回終

# 紅樓夢第五十三回

## 寧國府除夕祭宗祠　榮國府元宵開夜宴

話說寶玉見晴雯將雀裘補完已使得力盡神危忙命小丫頭子來替他搥着彼此搥打了一會歇下沒一頓飯的工夫天已大亮且不出門只叫快請大夫一時王大夫來了胗了脉疑惑說道昨日已好了些今日如何反虛浮微縮起來敢是吃多了飲食不然就是勞了神思外感却倒輕了這汗後失調養非同小可一面說一面出去開了藥方進來寶玉看時已將疎散驅邪諸藥減去倒添了茯苓地黃當歸等益神養血之劑寶玉一面忙命人煎去一面嘆說這怎麽處倘或有個好歹都是我的罪孽晴雯睡在枕上嗐道好二爺你幹你的去罷那裡就得了勞病了呢寶玉無奈只得去了至下半天說身上不好就回來了晴雯此症雖重幸虧他素昔是個使力不使心的人再者素昔飲食清淡飢飽無傷的這賈宅中的秘法無論上下只畧有些傷風咳嗽總以淨餓為主次則服藥調養故於前一日病時就餓了兩三天又謹慎服藥調養如今雖勞碌了些又加倍培養了幾日便漸漸的好了近日園中姐妹皆各在房中吃飯炊爨飲食甚便寶玉自能要湯要羹調停不必細說襲人送母殯後業已回來麝月便將墜兒一事並晴雯攆逐出去也曾回過寶玉等語一一的告訴襲人襲人也没說別的只說太性急了

只因李紈亦因時氣感冒邢夫人正害火眼迎春岫烟皆過去朝夕侍藥李紈之嬸娘又接了李嬸娘李紋李綺家去住幾天寶玉又見襲人常常思母含悲晴雯又未大愈因此詩社一事皆未有人作興便空了幾社當下已是臘月離年日近王夫人和鳳姐兒治辦年事王子騰陞了九省都檢點賈雨村補授了大司馬協理軍機參贊朝政不題且說賈珍那邊開了宗祠着人打掃收拾供器請神主又打掃上屋以備懸供遺真影像此時榮寧二府內外上下皆是忙忙碌碌這日寧府中尤氏正起來同賈蓉之妻打點送賈母這邊的針線禮物正值丫頭捧了一茶盤押歲錁子進來回說興兒回奶奶前兒那一包碎金子共



是一百五十三兩六錢七分裡頭成色不等總傾了二百二十個錁子說着遞上去尤氏看了一看只見也有梅花式的也有海棠式的也有筆錠如意的也有八寶聯春的尤氏命收起來興兒將銀錁子快快叫交了進來丫環答應去了一時賈珍進來吃飯賈蓉之妻廻避了賈珍因問尤氏偺們春祭的恩賞可領了不曾尤氏道今兒我打發蓉兒關去了賈珍道偺們家雖不等這幾兩銀子使多少是皇上天恩早關了來給那邊老太太送過去置辦祖宗的供上領皇上的恩下則是托祖宗的福偺們那怕用一萬銀子供祖宗到底不如這個有體面又是沾恩錫福除偺們這麽一二家之外那些世襲窮官兒家要不

仗着這銀子拿什麽上供過年真正皇恩浩蕩想得週到尤氏道正是這話二人正說着只見人回哥兒來了賈珍便命叫他進來只見賈蓉捧了一個小黃布口袋進來賈珍道怎麽去了這一日賈蓉陪笑回說今兒不在禮部關領了又在光祿寺庫上因又到了光祿寺纔領了下來了光祿寺老爺們都說問父親好多日不見都着實想念賈珍笑道他們那裡是想我這又到了年下了不是想我的東西就是想我的戲酒了一面說一面瞧那黃布口袋上有封條就是皇恩永錫四個大字那一邊又有禮部祠祭司的印記一行小字道是寧國公賈演榮國公賈法恩賜永遠春祭賞共二分淨折銀若干兩某年月日龍禁尉



候補侍衛賈蓉當堂領訖值年寺丞某人下面一個硃筆花押賈珍看了吃過飯盥漱畢換了靴帽命賈蓉捧著銀子跟了來回過賈母王夫人又至這邊回過賈赦邢夫人方回家去取出銀子命將口袋向宗祠大爐內焚了又命賈蓉道你去問問你那邊二嬸娘正月裡請吃年酒的日子擬了沒有若擬定了叫書房裡明白開了單子來咱們再請時就不能重複了舊年不留神重了幾家人家不說咱們不留心倒像兩家商議定了送虛情怕費事的一樣賈蓉忙答應去了一時拿了請人吃年酒的日期單子來了賈珍看了命交給賴昇去看了請人別重了這上頭的日子因在廳上看着小厮們抬圍屏擦抹几案金銀

供器只見小廝手裡拿著一個禀帖並一篇賬目回說黑山村
烏庄頭來了賈珍道這個老砍頭的今兒纔來賈蓉接過禀帖
和賬目忙展開捧着賈珍倒背著兩手向賈蓉手內看去那紅
禀上寫着門下庄頭烏進孝叩請爺奶奶萬福金安並公子小
姐金安新春大喜大福榮貴平安加官進祿萬事如意賈珍笑
道庄家人有些意思賈蓉也忙笑道別看文法只取個吉利兒
罷一面忙展開單子看時只見上面寫着大鹿三十隻獐子五
十隻麅子五十隻暹猪二十個湯猪二十個龍猪二十個野猪
二十個家臘猪二十個野羊二十個青羊二十個家湯羊二十
個家風羊二十個鱘鰉魚二個各色雜魚二百觔活雞鴨鵝

各二百隻風雞鴨鵝二百隻野雞野猫各二百對熊掌二十對
鹿筋二十觔海參五十觔鹿舌五十條牛舌五十條蟶乾二十
觔榛松桃杏瓤各二口袋大對蝦五十對乾蝦二百觔銀霜炭
上等選用一千觔中等二千觔柴炭三萬觔御田胭脂米二担
碧糯五十斛白糯五十斛粉杭五十斛雜色粱穀各五十斛下
用常米一千担各色乾菜一車外賣粱穀牲口各項折銀二千
五百兩外門下孝敬哥兒頑意兒活鹿兩對白兎四對黑兎四
對活錦雞兩對西洋鴨兩對賈珍看完說帶進他來一時只見
烏進孝進來只在院內磕頭請安賈珍命人拉起他來笑說你
還硬朗烏進孝笑道不瞞爺說小的們走慣了不來也悶的慌

他們可都不是願意來見見天子脚下世面他們到底年輕怕路上有閃失再過幾年就可以放心了賈珍道你走了幾日烏進孝道回爺的話今年雪大外頭都是四五尺深的雪前日忽然一暖一化路上竟難走的狠躭擱了幾日雖走了一個月零兩日日子有限怕爺心焦可不赶著來了賈珍道我說呢怎麼今兒纔來我纔看那單子上今年你這老貨又來打擂臺來了烏進孝忙進前兩步回道回爺說今年年成寔在不好從三月下雨接連着直到八月竟沒有一連晴過五六日九月一場碗大的雹子方近二三百里地方連人帶房並牲口粮食打傷了上千上萬的所以纔這樣小的並不敢說謊賈珍皺眉道我算



定你至少也有五千銀子来這彀做什麼的如今你們一共只剩了八九個庄子今年倒有兩處報了旱潦你們又打擂臺真真是叫別過年了烏進孝道爺的這地方還筭好呢我兄弟離我那裡只一百多地竟又大差了他現管着那府八處庄地比爺這邊多着幾倍今年也是這些東西不過二三千兩銀子也是有饑荒打呢賈珍道正是呢我這邊倒可已沒什麼外項大事不過是一年的費用我受用些就費些我受些委曲就省些再者年例送人請人我把臉皮厚些也就完了比不得那府裡這幾年添了許多花錢的事一定不可免是要花的却又不添些銀子產業這一二年裡賠了許多不和你們要找誰去烏進

孝笑道那府裡如今雖添了事有去有來娘娘和萬歲爺豈不賞呢賈珍聽了笑向賈蓉等道你們聽聽他說的可笑不可笑賈蓉等忙笑道你們山坳海沿子上的人那裡知道這道理娘娘難道把皇上的庫給我們不成他心裡總有這心他不能作主豈有不賞之禮按時按節不過是些彩緞古董頑意兒就是賞也不過一百兩金子纔值一千多兩銀子穀什麼這二年那一年不賠出幾千兩銀子來頭一年省親連蓋花園子我算算那一注花了多少就知道了再二年再省一回親只怕就精窮了賈珍笑道所以他們庄家老實人外明不知裡暗的事黃柏木作了磬槌子外頭體面裡頭苦賈蓉又說又笑向賈珍道果



真那府裡窮了前兒我聽見二嬸娘和鴛鴦悄悄商議要偷老太太的東西去當銀子呢賈珍笑道那又是鳳姑娘的鬼那裡就窮到如此他必定是見去路大了寔在賠得狠了不知又要省那一項的錢先設出這法子來使人知道說窮到如此了我心裡却有個算盤還不至此田地說着便命人帶了烏進孝出去好生待他不在話下這裡賈珍吩咐將方纔各物留出供祖宗的來將各樣取了些命賈蓉送過榮府裡來然後自已留了家中所用的餘者派出等第一分一分的堆在月臺底下命人將族中子姪喚來分給他們接着榮國府也送了許多供祖之物及給賈珍之物賈珍看著收拾完備供器靸着鞋披著一件

貉猁猻大皮袄命人在廳柱下石堦上太陽中鋪了一個大狼
皮褥子負暄閑看各子弟們來領取年物因見賈芹亦來領物
賈珍叫他過來說道你做什麽也來了誰叫你來的賈芹垂手
回說聽見大爺這裡叫我們領東西我沒等人去就來了賈珍
道我這東西原是給你那些閒着無事沒進益的叔叔兄弟們
的那一年你閒着我也給過你的你如今在那府裡管事家廟
裡管和尚道士們一月又有你的分例外這些和尚的分例銀
錢都從你手裡過你還來取這個來太也貪了你自己瞧瞧你
穿的可像個手裡使錢辦事的先前的說沒進益如今又怎麽
了比先倒不像了賈芹道我家裡原人口多費用大賈珍冷笑



道你又支吾我你在家廟裡幹的事打諒我不知道呢你到那
裡自然是爺了沒人敢抗違你你手裡又有了錢離着我們又
遠你就爲王稱霸起來夜夜招聚匪類賭錢養老婆小子這會
子花得這個形像你還敢領東西來領不成東西領一頓駄水
棍去纔罷等過了年我必和你二叔說你回來賈芹紅了臉不
敢答言人回北府王爺送了對聯荷包來了賈珍聽說忙命賈
蓉出去欵待只說我不在家賈蓉去了這裡賈珍攆走賈芹看
着領完東西回房給尤氏吃畢晚飯一宿無話至次日更忙不
必細說已到了臘月二十九日了各色齊供兩府中都換了門
神聯對掛牌新油了桃符煥然一新寧國府從大門儀門大廳

煖閣內廳內三門內儀門並內垂門直到正堂一路正門大開兩邊堦下一色硃紅大高燭點的兩條金龍一般次日由賈母有封誥者皆按品級着朝服先坐八人大轎帶領衆人進宮朝賀行禮領宴畢回来便到寧府煖閣下轎諸子弟有未隨入朝者皆在寧府門前排班伺侯然後引入宗祠且說寶琴是初次進賈祠觀看一面細細留神打諒這宗祠原來寧府西邊另一個院子黒油栅欄內五間大門上面懸一匾寫着是賈氏宗祠四個字傍書特晋爵太傅前翰林掌院事王希獻書兩邊有一副長聯寫道

肝腦塗地兆姓頼保育之恩



功名貫天百代仰蒸嘗之盛

也是王太傅所書進入院中白石甬路兩邊皆是蒼松翠栢月臺上鼎設着古銅彝等器抱厦前面懸一塊九龍金匾寫道

星輝輔弼

乃先皇御筆兩邊一副對聯寫道是

勲業有光昭日月

功名無間及兒孫

也是御筆五間正殿前懸一塊鬧龍填青匾寫道是

慎終追遠

傍邊一副對聯寫道是

已後兒孫承福德
至今黎庶念寧榮

俱是御筆裡邊燈燭輝煌錦幛繡幙雖列著些神主却看不真只見賈府人分了昭穆排班立定賈敬主祭賈赦陪祭賈珍獻爵賈璉賈琮獻帛寶玉捧香賈菖賈菱展拜墊守焚池青衣樂奏三獻爵興拜畢焚帛奠酒禮畢樂止退出衆人圍隨賈母至正堂上影前錦帳高掛彩屏張護香燭輝煌上面正房中懸著榮寧二祖遺像皆是披蟒腰玉兩邊還有幾軸列祖遺像賈荇賈芷等從內儀門挨次站列直到正堂廊下檻外方是賈敬賈赦檻內是各女眷衆家人小厮皆在儀門之外每一道菜至傳



至儀門賈荇賈芷等便接了挨次傳至堦下賈敬手中賈蓉係長房長孫獨他隨女眷在檻裡每賈敬捧菜至傳於賈蓉賈蓉便傳於他媳婦又傳於鳳姐尤氏諸人直傳至供桌前方傳與王夫人王夫人傳與賈母賈母方捧放在桌上邢夫人在供桌之西東向立同賈母供放直至將菜飯湯點酒茶傳完賈蓉方退出去歸入賈芹階位之首當時凡從文旁之名者賈敬為首下則從玉者賈珍為首再下從草頭者賈蓉為首左昭右穆男東女西俟賈母拈香下拜衆人方一齊跪下將五間大廳三間抱廈內外廊簷堦上堦下兩丹墀內花團錦簇塞的無一些空地鴉雀無聞只聽鏗鏘叮噹金鈴玉珮微微搖曳之聲並起跪

靴履颯沓之響一時禮畢賈敬賈赦等便忙退出至榮府專候與賈母行禮尤氏上房地下鋪滿紅氈當地放着象鼻三足泥鰍流金琺瑯大火盆正面炕上鋪着新猩紅氈子設着大紅彩繡雲龍捧壽的靠背引枕坐褥外另有黑狐皮的袱子搭在上面大白狐皮坐褥請賈母上去坐了兩邊又鋪皮褥請賈母一輩的兩三位妯娌坐了這邊橫頭排插之後小炕上也鋪了皮褥讓邢夫人等坐下地下兩面相對十二張雕漆椅上都是一色灰鼠椅搭小褥每一張椅下一個大銅腳爐讓寶琴等姐妹坐尤氏用茶盤親捧茶與賈母賈蓉媳婦捧與衆老祖母然後尤氏又捧與邢夫人等賈蓉媳婦又捧與衆姐妹鳳姐李紈等



只在地下伺候茶畢邢夫人等便先起身來侍賈母吃與年老妯娌們閒話了兩三句便命看轎鳳姐兒忙上來尤氏笑回說已經預備下老太太的晚飯每年都不體面用過晚飯再過去果然我們就不濟鳳丫頭了鳳攙着賈母笑道老祖宗走罷咱們家去吃去別理他賈母笑道你這裡供着祖宗忙得什麼兒是的那裡還擱的住我鬧況且我每年不吃你們也要送去的不如還送了來我吃不了留着明兒再吃豈不多吃些說的衆人都笑了又吩咐他好生派妥當人夜裡坐着看香火不是大意得的尤氏答應了一面走出來至煖閣前尤氏等閃過屏風小廝們纔領轎夫請了轎出大門

尤氏亦隨邢夫人等回至榮府這裡轎出大門這一條街上東一邊設立着寧國公的儀仗執事樂器來往行人皆屏退不從此過一時來至榮府也是大門正門一直開到裡頭如今便不在煖閣下轎了過了大廳轉灣向西至賈母這邊正廳上下轎衆人圍隨同至賈母正堂中間亦是錦裀綉屏煥然一新當地火盆內焚着松柏香百合草賈母歸了坐老嬤嬤來回老太太們來行禮賈母忙起身要迎只見兩三個老妯娌已進來了大家挽手笑了一回讓了一回吃茶去後賈母只送至內儀門就回來歸了正坐賈敬賈赦等領了諸子弟進來賈母笑道一年家難爲你們不行禮罷一面男一起女一起一起一起俱行過



了禮左右設下交椅然後又按長幼挨次歸坐受禮兩府男女小厮丫鬟亦按差役上中下行禮畢然後散了押歲錢並荷包金銀錁等物擺上合歡宴來男東女西歸坐獻屠蘇酒合歡湯吉祥菓如意糕畢賈母起身進內間更衣衆人方各散出那晚各處佛堂灶王前焚香上供王夫人正房院內設着天地紙馬香供大觀園正門上挑着角燈兩傍高照各處皆有路燈上下人等打扮的花團錦簇一夜人聲雜沓語笑喧填爆竹起火絡繹不絕至次日五鼓賈母等人按品上粧擺全副執事進宮朝賀兼祝元春千秋領宴回來又至寧府祭過列祖方回來受禮畢便換衣歇息所有賀節來的親友一槩不會只和薛姨媽李

嬸娘二人說話隨便或和寶玉寶釵等姐妹赶圍棋摸牌作戲王夫人和鳳姐天天忙着請人吃年酒那邊廳上和院內皆是戲酒親友絡繹不絕一連忙了七八天纔完了早又元宵將近寧榮二府皆張燈結彩十一日是賈赦請賈母等次日賈珍又請賈母王夫人和鳳姐兒也連日被人請去吃年酒不能勝記至十五這一晚上賈母便在大花廳上命擺幾席酒定一班小戲滿挂各色花燈帶領榮寧二府各子侄孫男孫媳等家宴賈敬素不飲酒茹葷因此不去請他十七日祀祖已完他就出城修養就是這幾天在家也只靜室默處一槩無聞不在話下賈赦領了賈母之賞告辭而去賈母知他在此不便也隨他去了



賈赦到家中和衆門客賞燈吃酒笙歌聒耳錦綉盈眸其取樂與這裡不同這裡賈母花廳上擺了十來席酒每席傍邊設一几几上設爐瓶三事焚着御賜百合宮香又有八寸來長四五寸寬二三寸高點綴着山石的小盆景俱是新鮮花卉又有小洋漆茶盤放着舊窑十錦小茶盃又有紫檀雕嵌的大紗透綉花草詩字的瓔珞各色舊窑小瓶中那點綴着歲寒三友玉棠富貴等鮮花上面兩席是李嬸娘薛姨媽坐東邊单設一席乃是雕夔龍護屏矮足短榻靠背引枕皮褥俱全榻上設一個輕巧洋漆描金小几几上放着茶碗漱盂洋巾之類又有一個眼鏡匣子賈母歪在榻上和衆人說笑一回又取眼鏡向戲臺上

照一回又說恕我老了骨頭疼容我放肆些歪着相陪能又命琥珀坐在榻上拿着美人拳搥腿榻下並不擺席面只一張高几設着高架纓絡花瓶香爐等物外另設一小高桌擺着杯在傍邊一席命寶琴湘雲黛玉寶玉四人坐着每饌菓菜來先捧給賈母看喜則留在小桌上嚐嚐仍撤了放在席上只算他四人跟着賈母坐下面方是邢夫人王夫人之位下邊便是尤氏李紈鳳姐賈蓉的媳婦西邊便是寶釵李紋李綺岫烟迎春姐妹等兩邊大梁上掛着聯三聚五玻璃彩穗燈每席前豎着倒垂荷葉一柄柄上有彩燭插着這荷葉乃是洋鏨琺瑯活信可以扭轉向外將燈影逼住照着看戲分外真切窗槅門戶一齊



摘下全掛彩穗各種宮燈廊簷內外及兩邊遊廊罩棚將羊角玻璃戳紗料絲或繡或畫或絹或紙諸燈掛滿廊上幾席就是賈珍賈璉賈環賈琮賈蓉賈芹賈芸賈菖賈菱等賈母也曾差人去請眾族中男女奈他們有年老的懶于熱鬧有家內沒有人又有疾病淹留要來竟不能來有一等妒富愧貧不肯來的更有憎畏鳳姐之為人賭氣不來的更有羞手羞脚不慣見人不敢來的因此族中雖外女眷來者不過賈藍之母婁氏帶了賈藍來男人只有賈芹賈芸賈菖賈菱四個現在鳳姐麾下辦事的來了當下人雖不全在家庭小宴也算熱鬧的當下又有林之孝的媳婦帶了六個媳婦抬了三張炕桌每一張上搭着

一條紅毡放着選凈一般大新出局的銅錢大用紅繩串穿著每二人搭一張共三張林之孝家的叫將那兩張擺至薛姨媽李嬸娘的席下將一張送至賈母榻下賈母便說放在當地罷這媳婦素知規矩放下棹子一並將錢都打開將紅繩抽去堆在桌上此時唱的西樓會正是這齣將完于叔夜賭氣去了那文豹便發科渾道你賭氣去了恰好今日正月十五榮國府裡老祖宗家宴待我騎了這馬赶進去討些菓子吃是要緊的說畢引得賈母等都笑了薛姨媽等都說好個鬼頭孩子可憐見的鳳姐便說這孩子纔九歲了賈母笑說難爲他說得巧說了一個賞字早有三個媳婦已經手下預備下小笸籮聽見一個



賞字走上去將棹上散堆錢每人撮了一笸籮走出來向戲臺說老祖宗姨太太親家太太賞文豹買菓子吃的說畢向臺一撒只聽豁啷啷滿臺的錢响賈珍賈璉已命小厮們抬大笸籮的錢預備未知怎生賞去且聽下回分解

紅樓夢第五十三回終

紅樓夢第五十四回終

史太君破陳腐舊套　王熙鳳效戲彩斑衣

却說賈珍賈璉暗暗預備下大笸籮的錢聽見賈母說賞忙命小厮們快撒錢只聽滿臺錢响賈母大悅二人遂起身小厮們忙將一把新煖銀壺捧來遞與賈璉手內隨了賈珍趕至裡面賈珍先到李嬸娘席上躬身取下杯來回身賈璉忙斟了一盞然後便至薛姨媽席上也斟了二人忙起來笑說二位爺請坐着罷了何必多禮於是除邢王二夫人滿席都離了席也俱垂手傍站賈珍等至賈母榻前因榻矮二人便屈膝跪了賈珍在前捧杯賈璉在後捧壺雖秪二人捧酒那賈琮弟兄等却都是



一溜排斑隨着他二人進來見他二人跪下都一溜跪下寶玉也忙跪下湘雲悄推他笑道你這會子又幫着跪下做什麽有這麽著的呢你也去斟一巡酒豈不好寶玉悄笑道再等一會再斟去說著等他二人斟完起來又給邢王夫人斟過了賈珍笑說妹妹們怎麽著呢賈母等都說道你們去罷他們倒便宜些呢賈珍等方退出當下天有二鼓戲演的是八義觀燈八齣正在熱鬧之際寶玉因下席往外走賈母問往那裡去外頭炮張利害留神天上吊下火紙來燒着寶玉笑回說不往遠去只出去就來賈母命婆子們好生跟着要是寶玉出來只有麝月秋紋幾個小丫頭隨著賈母因說襲人怎麽不見他如今也有

些拿大了单支使小女孩兒出來王夫人忙起身笑說道他媽前日殁了因有熱孝不便前頭來賈母點頭又笑道跟主子却講不起這孝與不孝要是他還跟我難道這會子也不在這裡這些竟成了例了鳳姐兒忙過來笑回道今晚便没孝那園子裡頭也須得看着燈燭花爆最是擔險的這裡一唱戲園子裡的誰不來偷瞧瞧他還細心各處照看況且這一散後寶兄弟回去睡覺各色都是齊全的若他再來了衆人又不經心散了回去鋪蓋也是冷的茶水也不齊全便各色都不便宜自然我叫他不用來老祖宗要叫他來他就叫他就是了賈母聽了這話忙說你這話狠是你必想的週到快別叫他了但只他媽幾時没了我怎麼不知道鳳姐兒笑道前兒襲人去親自回老太太的怎麼倒忘了賈母想了一想笑道想起來了我的記性竟平常了衆人都笑說老太太那裡記得這些事賈母因又嘆道我想着他從小兒伏侍我一塲又伏侍了雲兒末後給了個魔王給他魔了這好幾年他又不是偺們家根生土長的奴才没受過偺們什麼大恩典他娘没了我想着要給他幾兩銀子發送他娘也就忘了鳳姐兒道前兒太太賞了他四十兩銀子就是了賈母聽說點頭道這還罷了正好前兒鴛鴦的娘也死了我想他老子娘都在南邊我也没叫他家去守孝如今他兩處全禮何不叫他二人一處作伴去又命婆子將些菓子菜饌點心

之類和他二人吃去琥珀笑道還等這會子他早就去了說着
大家又吃酒看戲且說寶玉一逕來至園中衆婆子見他回房
便不跟去只坐在園門裡茶房裡烤火和管茶的女人偷空飲
酒鬪牌寶玉至院中雖是燈光燦爛却無人聲麝月道他們都
睡了不成咱們悄悄進去唬他們一跳也是大家躡手躡脚潛
踪進鏡壁去一看只見襲人和一個人對歪在地炕上那一頭
有兩個老嬷嬷打盹寶玉只當他兩個睡着了纔要進去忽聽
鴛鴦嘆了一聲說道天下事可知難定論理你單身在這裡父
母在外頭每年他們東去西來沒個定準想來你是再不能送
終的了偏生今年就死在這裡你倒出去送了終襲人道正是



我也想不到能彀看着父母殯殮回了太太又賞了四十兩銀
子這倒也筭養我一場我也不敢妄想了寶玉聽了忙轉身悄
向麝月等道誰知他也來了我這一進去他又賭氣走了不如
偺們回去罷讓他兩個清清淨淨的說話襲人正在那裡悶着
幸他來的好說着仍悄悄出來寶玉便走過山石後去站着撩
衣麝月秋紋皆站住背過臉去口內笑說蹲下再解小衣留神
風吹了肚子後面兩個小丫頭那裡小解忙先出去茶房內預
備水去了這裡寶玉剛過來只見兩個媳婦迎面來了又問是
誰秋紋道寶玉在這裡呢大呼小叫仔細唬着罷那媳婦們忙
笑道我們不知大節下來惹禍了姑娘們可連日辛苦了說着

已到跟前麝月等問手裡拿著什麼媳婦道外頭唱的是八義没唱混元盒那裡又跑出金花娘娘來了寶玉命揭起來我瞧瞧秋紋魔秋忙上去將兩個盒子揭開兩個媳婦忙蹲下身子寶玉看了兩個盒內都是席上所有的上等菓品菜饌點了一點頭就走麝月等忙胡亂擲了盒蓋跟上來寶玉笑道這兩個女人倒和氣會說話他們天天乏了倒說你們連日辛苦倒不是那矜功自伐的麝月道這兩個就好那不知理的是太太知理寶玉道你們是明白人擔待他們是粗夯可憐的人就完了一面說一面就走出了園門那幾個婆子雖吃酒鬬牌却不住出來打探見寶玉出來也都跟上來到了花廳廊上只見那兩



個小丫頭一個捧著個小盆又一個搭著手巾又拿著漚子小壺兒在那裡久等秋紋先忙伸手向盆內試了試說道你越大越粗心了那裡弄得這冷水小丫頭笑道姑娘瞧瞧這個天我怕水冷倒的是滾水這還冷了正說著可巧見一個老婆子提著一壺滾水走來小丫頭就說好奶奶過來給我倒上些水那婆子道姐姐這是老太太沏茶的勸你去舀罷那裡就走大了腳呢秋紋道不管你是誰的你不給我管把老太太的茶吊子倒了洗手那婆子回頭見了秋紋忙提起壺來倒了些秋紋道彀了你這麼大年紀也沒見識誰不知是老太太的要不著的就敢要了婆子笑道我眼花了沒認出這姑娘來寶玉洗了手

那小丫頭子拿小壺兒倒了漚子在他手內寶玉洗了手秋紋麝月也趁熱水洗了一回跟進寶玉來寶玉便要了一壺煖酒也從李嬸娘斟起他二人也笑讓坐賈母便說他小人家兒讓他斟去大家到要乾過這盃說着便自巳乾了邢王二夫人也忙乾了薛姨媽李嬸娘也只得乾了賈母又命寶玉道你連姐姐妹妹的一齊斟上不許亂斟都要叫他乾了寶玉聽說答應着一一按次斟上了至黛玉前偏他不飲拿起盃來放在寶玉唇邊寶玉一氣飲乾黛玉笑說多謝寶玉替他斟上一盃鳳姐兒便笑道寶玉別喝冷酒仔細手顫明兒寫不的字拉不的弓寶玉道沒有吃冷酒鳳姐兒笑道我知道沒有不過白囑咐你



然後寶玉將裡面斟完只除賈蓉之妻是命丫鬟們斟的復出至廊下又給賈珍等斟了坐了一回方進來仍歸舊坐一時上湯之後又接著獻元宵賈母便命將戲暫歇小孩子們可憐見的也給他們些滾湯熱菜的吃了再唱又命將各樣菓子元宵等物拿些給他們吃一時歇了戲便有婆子帶了兩個門下常走的女先兒進來放了兩張杌子在那一邊賈母命他們坐了將絃子琵琶遞過去賈母便問李薛二人聽什麼書他二人都回說不拘什麼都好賈母便問近來可又添些什麼新書兩個女先回說倒有一段新書是殘唐五代的故事賈母問是何名女先兒回說這叫做鳳求鸞賈母道這個名字倒好不知因什

麼起的先說大槩你若好再說女先兒道這書上乃是說殘唐
之時那一位鄉紳本是金陵人氏名喚王忠曾做兩朝宰輔如
今告老還家膝下只有一位公子名喚王熙鳳衆人聽了笑將
起來賈母笑道這不重了我們鳳丫頭了媳婦忙上去推他該
是二奶奶的名字少混說賈母道你只管說罷女先兒忙笑着
站起來說我們該死了不知是奶奶的諱鳳姐兒笑道怕什麼
你說罷重名重姓的多着呢女先兒又說道那年王老爺打發
了王公子上京赶考那日遇了大雨到了一個庄子上避雨誰
知這庄上也有位鄉紳姓李與王老爺是世交便留下這公子
住在書房裡這李鄉紳膝下無兒只有一位千金小姐這小姐



芳名叫做雛鸞琴棋書畫無所不通賈母忙道怪道叫做鳳求
鸞不用說了我已經猜著了自然是王熙鳳要求這雛鸞小姐
為妻了女先兒笑道老祖宗原來聽過這回書衆人都道老太
太什麼沒聽見過就是沒聽見也猜着了賈母笑道這些書就
是一套子左不過是些佳人才子最沒趣兒把人家女兒說的
這麼壞還說是佳人編的連影兒也沒有了開口都是鄉紳門
第父親不是尚書就是宰相一個小姐必是愛如珍寶這小姐
必是通文知禮無所不曉竟是絕代佳人只見了一個清俊男
人不管是親是友想起他的終身大事來父母也忘了書也忘
了鬼不成鬼賊不成賊那一點兒像個佳人就是滿腹文章做

出這樣事來也筭不得是佳人了比如一個男人家滿腹的文章去做賊難道那王法看他是個才子就不入賊情一案了不成可知那編書的是自巳堵自巳的嘴再者既說是世宦書香大家子的小姐又知禮讀書連夫人都知書識禮的就是告老還家自然奶媽子丫頭伏侍小姐的人也不少怎麼這些書上凡有這樣的事就只小姐和緊跟的一個丫頭知道你們想想那些人都是管做什麼的可是前言不答後語了不是衆人聽了都笑說老太太這一說是謊都批出來了賈母笑道有個原故編這樣書的人有一等妬人家富貴的或者有求不遂心所以編出來遭塌人家再有一等人他自巳看了這些書看邪了



想着得一個佳人纔好所以編出來取樂兒他何常知道那世宦讀書人家兒的道理別說那書上那些大家子如今眼下拿着偺們這中等人家說起也沒那樣的事別叫他謅掉了下巴脥子罷所以我們從不許說這些書連丫頭們也不懂這些話這幾年我老了他們姐兒們住的遠我偶然悶了說幾句聽聽他們一來就忙着止住了李薛二人都笑說這正是大家子的規矩連我們家也沒有這些雜話叫孩子們聽見鳳姐兒走上來斟酒笑道罷罷酒冷了老祖宗喝一口潤潤嗓子再掰謊罷這一回就叫做掰謊記就出在本朝本地本年本月本日本時老祖宗一張口難說兩家話花開兩朶各表一枝是眞是謊且

不表再整觀燈看戲的人老祖宗且讓這二位親戚吃盃酒看
兩齣戲着再從逐朝話言掰起如何一面說一面斟酒一面笑
未說完衆人俱已笑倒了兩個女先兒也笑個不住都說奶奶
好剛口奶奶要一說書真連我們吃飯的地方都沒了薛姨媽
笑道你少興頭些外頭有人比不得往常鳳姐兒笑道外頭只
有一位珍大哥哥我們還是論哥哥妹妹從小兒一處淘氣淘
了這麽大這幾年因做了親我如今立了多少規矩了便不是
從小兒兄妹只論大伯子小嬸兒那二十四孝上斑衣戲彩他
們不能來戲彩引老祖宗笑一笑我這裡好容易引的老祖宗
笑一笑多吃了一點東西大家喜歡都該謝我纔是難道反笑



我不成賈母笑道可是這兩日我竟沒有痛痛的笑一場倒是
虧他纔一路說笑的我這裡痛快了些我再吃鍾酒吃着酒又
命寶玉來敬你姐姐一杯鳳姐兒笑道不用他敬我討老祖宗
的壽罷說着便將賈母的杯拿起來將半盃剩酒吃了將盃遞
與丫鬟另將溫水浸的盃換一個上來於是各席上的都撤去
另將溫酒浸着的代換斟了新酒上來然後歸坐女先兒回說
老祖宗不聽這書或者彈一套曲子聽聽罷賈母道你們兩個
對一套將軍令罷二人聽說忙合絃按調撥弄起來賈母因問
天有幾更了衆婆子忙回三更了賈母道怪道寒浸浸的起來
早有衆丫鬟拿了添換的衣裳送來王夫人起身陪笑說道老

太太不如挪進煖閣裡地炕上倒也罷了這二位親戚也不是外人我們陪著就是了賈母聽說笑道既這樣說不如大家都挪進去豈不煖和王夫人道恐裡頭坐不下賈母道我有道理如今也不用這些棹子只用兩三張并起来大家坐在一處擠著又親熱又煖和衆人都道這纔有趣兒說着便起了席衆媳婦忙撤去殘席裡面直順并了三張大棹又添換了菓饌擺好賈母便說都别拘禮聽我分派你們就坐纔好說着便讓薛李正面上坐自巳西向坐了叫寶琴黛玉湘雲三人皆緊依左右坐下向寶玉說你挨着你太太于是邢夫人王夫人之中夾着寶玉寶釵等姐妹在西邊挨次下去便是婁氏帶着賈藍尤氏



李紈夾着賈蘭下面横頭是賈蓉媳婦胡氏賈母便說珍哥帶著你兄弟們去罷我也就睡了賈珍等忙答應又都進來聽吩咐賈母道快去罷不用進來纔坐好了又都起来你快歇著罷明兒還有大事呢賈珍忙答應了又笑道留下蓉兒斟酒纔是賈母笑道正是忘了他賈珍應了一個是便轉身帶領賈璉等出來二人自是歡喜便命人將賈琮賈璜各自送回家去便約了賈璉去追歡買笑不在話下這裡賈母笑道我止想着雖然這些人取樂必得重孫一對雙全的在席上纔好蓉兒這可全了蓉兒和你媳婦坐在一處倒也團圓了因有家人媳婦呈上戲單賈母笑道我們娘兒們正說得興頭又要吵起來況且那

孩子們熬夜怪冷的也罷且叫他們歇歇把咱們的女孩子們叫他來就在這台上唱兩齣也給他們瞧瞧媳婦子們聽了答應出來忙的一面着人往大觀園去傳人一面二門口去傳小廝們伺候小廝們忙至戲房將班中所有大人一槩帶出只留下小孩子們一時梨香院的教習帶了文官等十二人從遊廊角門出來婆子們抱着幾個軟包因不及抬箱料着賈母愛聽的三五齣戲的彩衣包了來婆子們帶了文官等進去見過只垂手站着賈母笑道大正月裡你師父也不放你們出來逛逛你們如今唱什麼纔剛八齣八義鬧的我頭疼咱們清淡些好你瞧瞧薛姨太太這李親家太太都是有戲的人家不知聽



過多少好戲的這些姑娘們都比咱們家的姑娘見過好戲聽過好曲子如今這小戲子又是那有名頑戲的人家的班子雖是小孩子却比大班子還强咱們好歹別落了褒貶少不得弄個新樣兒的叫芳官唱一齣尋夢只用簫和笙笛餘者一槩不用文官笑道老祖宗說的是我們的戲自然不能入姨太太和親家太太姑娘們的眼不過聽我們一個發脫口齒再聽個喉嚨罷了賈母笑道正是這話了李嬸娘薛姨媽喜的笑道好個靈透孩子你也跟着老太太打趣我們賈母笑道我們這原是隨便的頑意兒又不出去做買賣所以竟不大合時說着又叫葵官唱一齣惠明下書也不用抹臉只用這兩齣叫他們二位

太太聽個助意兒罷咧若省了一點兒力我可不依文官等聽了出來忙去扮演上臺先是尋夢次是下書衆人鴉雀無聞薛姨媽笑道寔在戲也看過幾百班從沒見過只用簫管的賈母道也有只是像方纔西樓楚江晴一隻多有小生吹簫合曲這合大套的寔在少這也在人講究罷了這算什麼出奇又指著湘雲道我像他這麼大的時候兒他爺爺有一班小戲偏有一個弾琴的湊了西廂記的聽琴玉簪記的琴挑續琵琶的胡笳十八拍竟成了真的了比這個更如何衆人都道那更難得了賈母於是叫過媳婦們來吩附文官等叫他們吹彈一套燈月圓媳婦們領命而去當下賈蓉夫妻二人捧酒一巡鳳姐兒因



賈母十分高興便笑道趂着女先兒們在這裡不如偺們傳梅行一套春喜上眉梢的令如何賈母笑道這是個好令啊正對時景兒忙命人取了黒漆銅釘花腔令鼓來給女先兒擊着席上取了一枝紅梅賈母笑道到了誰手裡住了鼓吃一杯也要說些什麼纔好鳳姐兒笑道依我說誰像老祖宗要什麽有什麽呢我們這不會的不没意思嗎怎麽能雅俗共賞纔好不如誰住了誰說個笑話兒罷衆人聽了都知道他素日善說笑話兒肚内有無限的新鮮趣令今見如此說不但在席的諸人喜歡連地下伏侍的老小人等無不歡喜那小丫頭子們都忙去找姐姐叫妹妹的告訴他們快來聽二奶奶又說笑話兒了衆

了頭子們便擠了一屋子于是戲完樂罷賈母將些湯細點菓給文官等吃去便命响鼓那女先兒們都是慣熟的或緊或慢或如殘漏之滴或如迸豆之急或如驚馬之馳或如疾電之光忽然暗其鼓聲那梅方遞至賈母手中鼓聲恰住大家哈哈大笑賈蓉忙上來斟了一杯衆人都笑道自然老太太先喜了我們纔托賴些喜賈母笑道這酒也罷了只是這笑話兒倒有些難說衆人都說老太太的比鳳姑娘說的還好賞一個我們也笑一笑賈母笑道並没有新鮮招笑兒的少不得老臉皮厚的說一個罷因說道一家子養了十個兒子娶了十房媳婦兒惟有第十房媳婦兒聰明伶俐心巧嘴乖公婆最疼成日家說那九個不孝順這九個媳婦兒委屈便商議說偺們九個心裡孝順只是不像那小蹄子兒嘴巧所以公公婆婆只說他好這委屈向誰訴去有主意的說道偺們明兒到閻王廟去燒香和閻王爺說去問他一問叫我們托生爲人怎麽单单給那小蹄子兒一張乖嘴我們都入了夯嘴裡頭那八個聽了都喜歡說這個主意不錯第二日便都往閻王廟裡來燒香九個都在供桌底下睡著了九個魂專等閻王駕到左等不來右等也不到正着急只見孫行者駕着觔斗雲來了看見九個魂便要拿金箍棒打來唬得九個魂忙跪下央求孫行者問起原故來九個人忙細細的告訴了他孫行者聽了把脚一跺歎了一口氣道這

原故幸虧遇見我等着閻王來了他也不得知道八個人聽了
就求說大聖發個慈悲我們就好了孫行者笑道這也不難那
日你們妯娌十個托生時可巧我到閻王那裡去因爲撒了一
泡尿在地下你那個小嬸兒便吃了你們如今要伶俐嘴乖有
的是尿再撒泡你們吃就是了說畢大家都笑起來鳳姐兒笑
道好的呀幸而我們都是夯嘴夯腮的不然也就吃了猴兒尿
了尤氏婁氏都笑向李紈道偺們這裡頭誰是吃過猴兒尿的
別裝沒事人兒薛姨媽笑道笑話兒在對景就發笑說着又擊
起鼓來小丫頭子們只要聽鳳姐兒的笑話便悄悄的和女先
兒說以咳嗽爲記須臾傳至兩遍剛到了鳳姐兒手裡小丫



頭子們故意咳嗽女先兒便住了衆人齊笑道這可拿住他了
快吃了酒說一個好的罷別太鬪人笑的腸子疼鳳姐兒想一
想笑道一家子也是過正月節合家賞燈吃酒真真的熱鬧非
常祖婆婆太婆婆婆媳婦孫子媳婦重孫子媳婦親孫子婦媳侄
孫子重孫子灰孫子滴里搭拉的孫子孫女兒外孫女兒姨表
孫女兒姑表孫女兒噯喲喲真好熱鬧衆人聽他說着已經笑
了都說聽這數貧嘴的又不知要編派那一個呢尤氏笑道你
要招我我可撕你的嘴鳳姐兒起身拍手笑道人家這裡費力
你們緊著混我就不說了賈母笑道你說你的底下怎麽樣鳳
姐兒想了一想笑道底下就團團的坐了一屋子吃了一夜酒

就散了眾人見他正言厲色的說了也都再無有別話怔怔的
還等往下說只覺他冰冷無味的就住了湘雲看了他半日鳳
姐兒笑道再說一個過正月節的幾個人拿著房子大的炮張
往城外放去引了上萬的人跟着瞧去有一個性急的人等不
得就偷着拿香點着了只見噗哧的一聲眾人鬨然一笑都散
了這抬炮張的人抱怨賣炮張的捍的不結實沒等放就散了
湘雲道難道本人沒聽見鳳姐兒道本人原是個聾子眾人聽
說想了一回不覺失聲都大笑起來又想著先前那個沒完的
問他道先那一個到底怎麼樣也該說完了鳳姐兒將桌子一
拍道好囉唆到了第二日是十六日年也完了節也完了我看



人忙着收東西還鬧不清那裡還知道底下的事了眾人聽說
復又笑起鳳姐兒笑道外頭已經四更多了依我說老祖宗也
乏了咱們也該聾子放炮張散了罷尤氏等用絹子握著嘴笑
的前仰後合指他說道這個東西真會數貧嘴賈母笑道真真
這鳳丫頭越發鍊貧了一面說一面吩咐道他提起炮張來咱
們也把烟火放了解解酒賈蓉聽了忙出去帶着小廝們就在
院子內安下屏架將烟火設弔齊備這烟火俱係各處進貢之
物雖不甚大却極精緻各色故事俱全夾着各色的花炮黛玉
稟氣虛弱不禁劈拍之聲賈母便摟他在懷內薛姨媽便摟湘
雲湘雲笑道我不怕寶釵笑道他專愛自己放大炮張還怕這

個呢王夫人便將寶玉摟入懷內鳳姐笑道我們是沒人疼的尤氏笑道有我呢我摟著你你這會子又撒嬌兒了聽見放炮張就像吃了蜜蜂兒屎的今兒又輕狂了鳳姐兒笑道等散了偺們園子裡放去我比小廝們還放的好呢說話之間外面一色色的放了又放又有許多滿天星九龍入雲平地一聲雷飛天十響之類的零星小炮張放罷然後又命小戲子打了一回蓮花落撒得滿臺的錢那些孩子們滿臺的搶錢取樂上湯時賈母說夜長不覺得有些餓了鳳姐忙回說有預備的鴨子肉粥賈母道我吃些清淡的罷鳳姐兒忙道也有棗兒熬的粳米粥預備太太們吃齋的賈母道倒是這個還罷了說著已經撤



去殘席內外另設各種精緻小菜大家隨意吃了些用過漱口茶方散十七日一早又過寧府行禮伺候掩了祠門收過影像方回來此日便是薛姨媽家請吃年酒賈母連日覺得身上乏了坐了半日回來了自十八日以後親友來請或來赴席的賈母一槩不會有邢夫人王夫人鳳姐三人料理連寶玉只除王子勝家去了餘者亦皆不去只說是賈母留下解悶當下元宵已過鳳姐忽然小產了合家驚慌要知端底下回分解

紅樓夢第五十四回終